AF343872

PARIS

LIBRAIRIE ILLUSTRÉE

7, RUE DU CROISSANT, 7

MAURICE DREYFOUS

13, RUE DU FAUBOURG-MONTMARTRE, 13

Tous droits réservés.

Sur la plate-forme.

I

LE LABORATOIRE DE L'ALCHIMISTE

Une ville, une tour, un diable, un alchimiste.

La ville, hérissée comme une pelote à aiguilles d'une forêt de clochetons pointus, s'appelle Kibitzburg; elle est gaillardement assise sur les bords

L'élève Nicolas Badermann.

du Rhin qui roule et saute dans un lit de cailloux en chantant son éternelle chanson de jeunesse et de fraîcheur.

La tour est là-haut, là-haut sur la colline, au-dessus du beffroi de l'hôtel de ville, au-dessus du donjon de l'arsenal aux bourgeois, au-dessus des clochers des églises et des clochetons des couvents. — Elle domine tout Kibitzburg; de tous les quartiers de la ville, on l'aperçoit qui montre sa mâchoire de créneaux irréguliers, et quand le vent souffle, on entend de partout le grincement de son énorme girouette, ricanante et moqueuse. — Les Kibitzburgeois prétendent l'avoir quelquefois vue, par des nuits orageuses, battre des entrechats et valser sur la colline, et ils la nomment pour cela la *Tour enchantée*.

L'esprit du mal, on le sait, prend dans ses incarnations différents pseudonymes, comme Satanas ou Méphistophélès. Le diable dont nous avons à nous occuper était assez généralement connu sous le nom de Satanas.

L'alchimiste a nom maître Martinus Faustus Rosenthal, docteur ès arts magiques et libéraux. Il est vieux, savant, grand et barbu ainsi qu'il sied d'ailleurs à tout alchimiste ou astrologue. De plus il a un très mauvais caractère et on le dit sec, dur et impitoyable pour messire Satanas, qu'il tient sous sa domination, de par certaines formules sarrasines que les alchimistes se passent de maître en maître, depuis des temps fabuleux.

Martinus Faustus Rosenthal habite la Tour enchantée : la tour est au sommet de la colline et le laboratoire de l'alchimiste au sommet de la tour, au-dessus des créneaux. Là, des télescopes sont éternellement braqués sur les astres ; là, Rosenthal pâlit sur des livres poudreux et vénérables, aux pages pleines de figures mystérieuses et couvertes d'écritures inconnues ; là, Rosenthal passe ses nuits à opérer on ne sait quels mélanges extraordinaires dans des cornues de formes bizarres, à travers des alambics fantastiques, sur des fourneaux étranges, à la lueur de flammes bleues, violettes, vertes ou rouges.

L'alchimiste a trois filles qui vivent à l'étage le plus élevé de la tour, au-dessus du laboratoire, sous la garde d'une vieille et rébarbative servante. Elles ne sortent jamais ; leur existence s'écoule tristement à regarder

Satanas travaillait comme un serf !

les toits de la ville et à raccommoder les houppelandes de monsieur leur père, qui s'occupe d'elles quand il est de bonne humeur, c'est-à-dire à peu près une fois tous les deux ou trois ans.

Maître Martinus Rosenthal a un aide, l'élève en alchimie Nicolas Badermann, auquel il compte céder son fonds, quand l'âge et les infirmités seront venues. Nicolas Badermann est blond, jeune et laid ; de plus il est lourd, bête et paresseux, et nous devons ajouter que son patron a déjà maintes et maintes fois été pris de la tentation de l'envoyer au diable, ce qui n'eût pas été une très belle acquisition pour le réprouvé.

Nicolas Badermann était jeune, et il avait tous les défauts de la jeunesse.

Il aimait fort à quitter les sévères études du laboratoire, les bouquins et les cornues pour courir aux brasseries en compagnie des jeunes gens de son âge, étudiants en pharmacie ou clercs de procureur, afin de s'exercer au noble jeu des quilles et au maniement des lourdes chopes débordant de bière mousseuse sous les couvercles d'étain.

Mais, pour donner un libre essor à ses penchants, il lui fallait tromper la surveillance de maître Rosenthal, ce qui n'était pas facile.

Départ de maître Martinus Rosenthal.

Donc Nicolas Badermann était très malheureux au service de l'alchimiste, aussi malheureux que Satanas lui-même, car maître Rosenthal n'avait pas d'autres domestiques.

Badermann était tenu par son engagement dans la corporation, et quant à Satanas nous avons dit que, par une mystérieuse formule, l'alchimiste le contraignait à une obéissance passive. Les temps sont bien changés, aujourd'hui les alchimistes sont rares, et le diable est bien tranquille. En ce temps-là — au seizième siècle — il travaillait comme un serf toute la journée, aussi bien en diableries et maléfices qu'en ouvrages domestiques.

Un seul signe de maître Martinus Rosenthal et quelques paroles mystérieuses suffisaient pour que Satanas se précipitât sur n'importe quelle besogne, pour ne s'arrêter que sur un ordre exprès et mystérieux aussi.

Satanas était littéralement sur les dents, mais le moyen de se révolter contre un homme aussi puissant que Rosenthal!

Depuis plusieurs années, le jeune Badermann s'efforçait de surprendre au vol la mystérieuse formule sarrasine, avec l'intention de la faire servir à son profit personnel et exclusif, mais l'alchimiste cachottier était sur ses gardes, il avait dit à son élève :

— Tu ne sauras rien avant de m'avoir servi pendant trente-cinq années! écoute aux portes, cherche dans mes livres, interroge mes manuscrits, tu ne trouveras pas !

Mais, on le sait, les savants se distinguent des autres mortels par des crânes chauves et par des distractions surprenantes : l'alchimiste était chauve, il devait être sujet aux distractions. Badermann comptait sur une distraction et non sans raison, comme on va le voir.

Un beau jour, maître Martinus Rosenthal fut appelé pour affaires à une vingtaine de lieues de Kibitzburg, chez un prince de ses clients, lequel, se trouvant tourmenté par quelques dettes criardes, désirait, pour s'en débarrasser, altérer légèrement et adroitement les produits de son hôtel des monnaies.

Maître Rosenthal, avant de partir, eut quelques recommandations à faire à Satanas, et, oubliant la présence de Badermann sur la plate-forme, il prononça impérativement l'antique formule sarrasine.

Badermann, toujours porté à négliger l'étude des constellations, avait, comme d'habitude, l'oreille collée à la porte du laboratoire. Il recueillit les paroles de la formule et les grava dans sa mémoire.

Enfin il les tenait! Son âme coupable faillit en éclater de joie; il allait donc passer maître alchimiste sans faire les trente-cinq années de stage! Le monde lui appartenait, et aussi la faculté de faire à loisir de longues parties de quilles arrosées de nombreux brocs de la délectable bière de Kibitzburg! Douce perspective! Avenir suave et doré !

Badermann comprima les battements de son cœur pour ne pas donner l'éveil à son patron, il rentra d'un air indifférent dans le laboratoire et attendit les dernières instructions de l'alchimiste.

Maître Rosenthal, en donnant ses ordres à son élève, y mit encore moins de formes que les autres fois.

— Je pars pour trois jours, dit-il d'un ton sec, profite de mon absence pour emplir d'une eau pure les fontaines et les filtres du laboratoire. Puis tiens-toi sur la plate-forme, et suis jour et nuit, avec le grand télescope, le cours des astres. Je te recommande d'exercer la plus grande surveillance sur la constellation de la Grande-Ourse dont tu noteras avec soin tous les mouvements. Au revoir !

Et maître Martinus Rosenthal descendit rapidement l'escalier de la tour. Son élève l'entendit donner trois tours de clef à la porte de sortie, sans doute dans le but de préserver son élève de toute tentation au sujet du jeu de

Le noble jeu des quilles.

quilles. Badermann courut aux créneaux, il vit son maître descendre de la colline et s'arrêter pour louer une mule à l'auberge des *Trois Cygognes*.

Badermann manœuvra le grand télescope, mais ce ne fut point pour surveiller la Grande-Ourse, car il le braqua sur la ville. L'œil fixe, il attendit ; au bout de cinq minutes, il vit apparaître maître Rosenthal et sa mule dans une rue perpendiculaire au fleuve, il le vit s'engager sur le pont du Rhin, passer devant le poste des hallebardiers de la garde bourgeoise au bout du pont et se perdre dans la campagne.

— Ouf ! s'écria Badermann en renfonçant d'un coup de poing peu respectueux le grand télescope, ouf ! il est parti, je suis libre, et je suis le maître ! Ah ! Ah ! Ah ! illustre grigou ! tu crois que je vais passer mon temps à contempler la Grande-Ourse et à remplir tes fontaines ! La tour a cent cinquante pieds de hauteur et le puits se trouve à cent cinquante pieds au fond des caves, attends un peu que j'y descende ! Il s'agit bien de cela, maintenant ! je tiens le grand secret des Rothomagus, Virgilius, Merlinus, Faustus! Me voilà passé maître alchimiste, Satanas est à moi, il m'appartient! A moi la richesse, à moi les brocs toujours pleins, la bière toujours fraîche, à moi les parties de quilles, à moi le monde!!!

Nicolas Badermann arpentait triomphalement le laboratoire de l'alchimiste et la plate-forme, bâtissant déjà des plans pour l'avenir.

— Je m'établis immédiatement maître alchimiste, j'achète un logis agréable, plus gai que cette vieille tour et dans le voisinage des brasseries, je m'installe et je prends un élève pour faire le travail du laboratoire et pour surveiller les constellations... Puis... mais, j'y pense, il me faut d'abord expérimenter ma formule sarrasine, essayer mon pouvoir sur Satanas. Voyons, je vais le faire travailler! Mais à quoi? Quels ordres lui donner pour commencer?...

Ce disant, Badermann regardait vaguement au-dessous de lui les toits de la ville et les milliers de cheminées secouant dans l'atmosphère des panaches de fumée, indices joyeux de préparatifs culinaires. Sur la gauche, des moulins à vent tournaient avec ensemble ; vers la droite, sur les remparts, une compagnie de milice bourgeoise s'exerçait au maniement des armes blanches, des armes de jet et des armes à feu, sous le commandement d'un capitaine de hallebardiers.

Badermann reconnut ce capitaine, il avait quelquefois monté la garde ou fait l'exercice sous ses ordres ; une idée lui vint :

— Si je faisais payer à ce capitaine toutes ses rebuffades des jours de garde? se dit-il ; si je chargeais Satanas de cueillir sur son rempart ce ridicule hallebardier, et de le poser délicatement, revêtu de son armure, à cheval sur la plus haute girouette de la plus haute tour de la ville? Ce serait un beau spectacle qui me divertirait considérablement... C'est bien tentant et je... mais non! pas maintenant... plus tard... il ne perdra rien pour attendre... Commençons par quelque chose de plus simple... je vais tout bonnement faire emplir d'abord les fontaines et les filtres de maître Rosenthal, nous verrons après!

Le laboratoire du savant alchimiste.

I

Les cheveux dressés sur la tête

La nuit venait, maître Martinus Rosenthal devait être loin : le moment était venu pour son élève d'essayer la puissance magique de la formule sarrasine.

Nicolas Badermann, en se disposant à faire son évocation, ne pouvait s'empêcher d'être mal à l'aise. Cela se comprend ; on a beau vivre depuis

Une impression de fraîcheur le tira de sa rêverie.

des années dans la fréquentation d'un maître alchimiste et s'élever peu à peu jusqu'à la connaissance des grands secrets, le premier tête-à-tête avec le Malin ne laisse pas que d'être assez embarrassant.

Enfin Badermann maîtrisa son émotion, il prit un air digne, se munit de la baguette du maître et prononça d'un seul trait les mots bizarres de la puissante formule.

Un sifflement ou plutôt un crépitement de friture bouillante se fit entendre, et Satanas parut.

Nicolas Badermann recula de trois pas.

Satanas recula de même et parut étonné à la vue de l'élève alchimiste ; néanmoins et bien malgré lui, il dut par la force du charme s'incliner devant le nouveau maître.

L'élève alchimiste, voyant sa soumission, avait repris toute son assurance.

— Attention, cria-t-il, écoute et obéis ! Tu vas m'apporter immédiatement de l'eau pour remplir les vaisseaux, filtres, bocaux, fontaines et cornues du laboratoire. Va, cornu !

Satanas releva l'échine et se précipita.

Il alla jusqu'à la porte du laboratoire et siffla longuement dans l'escalier ; un sifflement lointain lui ayant répondu, il hocha la tête avec satisfaction et s'en fut en sautillant déboucher tous les bocaux de l'alchimiste.

Nicolas Badermann s'assit dans le fauteuil de son maître et prit la longue pipe de l'alchimiste, une pipe monumentale, couverte de signes bizarres et toujours bourrée d'un tabac sans pareil par les soins de Satanas ; la pipe allumée, il contempla tranquillement les agissements de son infernal esclave.

Satanas était bien mis, il portait un pourpoint rouge, tailladé régulièrement, des chausses rouges ornées de crevés. Sur sa tête, caractérisée surtout par une longue barbiche rouge, une toque également rouge se hérissait d'une belle plume du rouge le plus vif. Une longue queue, qui balayait en allant et venant la poussière du laboratoire, ne déparait aucunement l'élégance de ce costume.

Bientôt un nouveau sifflement se fit entendre dans l'escalier. Badermann pris de curiosité s'en fut regarder ce que ce pouvait être et se pencha sur la rampe. Il n'eut que le temps de sauter en arrière pour n'être pas renversé par un immense bras qui sortit soudain de l'ombre, avec un seau d'eau au poing. Satanas ricana sourdement et saisit le seau ; il courut le verser dans un alambic et le rendit ensuite au bras, lequel le remplaça par un autre en moins d'une seconde.

Ce second seau vidé fut remplacé par un quatrième, puis par un cinquième... Badermann enchanté de l'obéissance de Satanas, était retourné au fauteuil de son maître, s'était assis bien carrément, avait repris la pipe et s'était enfoncé dans les douceurs d'un tabac miraculeux !...

Une impression de fraîcheur dans ses pantoufles le tira brusquement de sa rêverie... il sortit de son nuage et regarda sous son fauteuil.

Horreur ! il y avait un pied d'eau dans la chambre !

Badermann bondit furieux et adressa de vifs reproches à Satanas pour sa maladresse aux travaux du ménage. Satanas, pour toute réponse, accéléra encore son service et versa de plus nombreux seaux d'eau dans la grande fontaine.

Tout débordait, cornues, vases, bocaux, alambics : la fontaine semblait une petite chute du Rhin, le laboratoire était un lac, une mer, agitée de remous et de tourbillons, sur laquelle flottaient, semblables à des vaisseaux désemparés ou à des radeaux, les précieux volumes de maître Martinus Rosenthal; des courants se formaient et les eaux dégringolaient dans l'escalier avec un bruit de cascade furieuse.

Badermann monta vivement sur son fauteuil, car il craignait les rhumes.

— Mais enfin, s'écria-t-il, t'arrêteras-tu, Satanas du diable !

Et il prononça la formule magique.

Satanas prit la parole sans s'arrêter une seconde.

— Je ne m'arrêterai pas sans les autres mots ! Comment, jeune friponneau, tu te mêles de me donner des ordres, et tu n'es pas maître alchimiste ? Eh bien, tu vas voir !

Le malheureux Badermann s'arracha les cheveux; il venait de comprendre toute l'étendue de sa faute ! Quelle catastrophe ! Il n'avait surpris que la première partie de la formule sarrasine, les mots qui servaient à évoquer Satanas, mais les derniers mots, les plus importants, il ne les possédait pas !

Fatale imprudence ! Satanas mis en train, il lui était impossible de l'arrêter et de le renvoyer !

Sur la plus haute girouette de la plus haute tour...

Et l'eau ruisselait toujours à travers le laboratoire ! Les rats de la Tour enchantée ne savaient plus comment fuir l'inondation et couraient éperdus sur les fourneaux, cherchant vainement un refuge. Une quinzaine de ces infortunés, accrochés au soufflet de l'alchimiste, flottaient au gré des eaux ; Badermann vit leur radeau, emporté par le courant, disparaître dans les cataractes de l'escalier.

C'était lamentable ! En levant les yeux, l'élève de l'alchimiste vit les crocodiles accrochés au plafond qui s'agitaient, bien qu'empaillés depuis deux cents ans, et qui remuaient doucement les pattes en battant voluptueusement de la paupière comme s'ils nageaient déjà dans l'élément liquide. Sur les tablettes, des poissons empaillés poussaient des cris inarticulés, et les serpents sifflaient dans les bocaux d'esprit-de-vin.

Une terreur profonde s'empara de Badermann réfugié sur le dossier de son fauteuil. L'infatigable Satanas, continuant à verser des seaux d'eau sans compter, dardait sur Badermann son œil fixe et ricanait avec des grimaces qui faisaient onduler de droite et de gauche sa longue barbiche rouge. A chaque ondulation de la barbiche de Satanas, Badermann sentait ses cheveux se dresser mécaniquement sur sa tête, et s'abaisser pour se hérisser encore.

Le torrent grondait toujours dans l'escalier. Les étages inférieurs, inondés, vomissaient des rivières furieuses par leurs fenêtres, les meurtrières pleuraient largement et les machicoulis de la plate-forme du laboratoire versaient, avec un immense fracas, des baquets d'eau sur les maisons assises au pied de la tour !

Tout à coup le tocsin sonna dans la ville, la cloche des bourgeois d'abord, puis la cloche d'alarme à la tour du pont, et ensuite toutes les cloches des églises.

En entendant le tocsin, Satanas éclata de rire. Ce rire sembla électriser les crocodiles pendus au plafond, les serpents enfermés dans des bocaux et les grands poissons empaillés ensevelis sous la poussière des tablettes. Les crocodiles rompirent les baguettes de fer auxquelles ils étaient accrochés, les serpents soulevèrent les couvercles des bocaux et les poissons empaillés, sautant avec des frémissements de joie dans le lac du laboratoire, barbotèrent vigoureusement pour se remettre de tant d'années de sécheresse.

Les crocodiles, bientôt gênés dans leurs évolutions, se précipitèrent vers la plate-forme et firent le grand saut avec les cataractes furieuses. Le plus grand resta le dernier pour tourmenter l'infortuné Badermann ; ouvrant une gueule immense, il sembla sur le point d'avaler l'élève alchimiste avec son fauteuil, mais il se contenta de happer une de ses chaussures, et disparut à la suite des autres. Les serpents et les poissons empaillés restèrent seuls à former des rondes fantastiques dans le laboratoire, enfin ils disparurent tous et se lancèrent du haut de la tour.

Les cheveux de Badermann s'étaient redressés pour ne plus se baisser.

Au sommet de la tour, les trois filles de l'alchimiste poussaient de grands cris.

<hr>

III

LA TOUR ENCHANTÉE DÉBORDE TOUJOURS

DANS la ville la terreur était au comble.

D'abord quelques écoliers et soudards attardés avaient été surpris de voir les ruisseaux de la ville se gonfler soudain et occuper les rues dans toute leur largeur. Leur humeur joyeuse avait trouvé dans cette inondation subite une occasion de tapage nocturne, ils avaient envahi les cabarets et, sous prétexte de sauver les caves, travaillaient à les mettre à sec, malgré les cris des cabaretiers et des cabaretières.

Bientôt cependant ces tapageurs virent les ruisseaux grossir de plus en plus et se changer en rivières; ils prirent peur, et abandonnant les cabarets, ils se sauvèrent du côté des rues hautes avec de l'eau jusqu'aux genoux.

La cloche d'alarme.

Dans les bas quartiers, certains bourgeois, étonnés de se sentir soulever dans leur lit, battirent le briquet et virent avec épouvante leurs logis transformés en marécages. L'aventure la plus surprenante fut celle du nommé Sidoine Grobzig, ivrogne par vocation et jardinier de son état au couvent des capucins dans le bas de la ville.

Grobzig n'avait rien entendu. Il s'était senti le soir la tête un peu lourde, par suite de libations de vin du Rhin un peu trop souvent répétées, et s'était couché sans prendre la peine de fermer sa porte et ses fenêtres. Aussi l'inondation n'eut-elle rien à enfoncer pour pénétrer dans sa demeure : l'eau entra

Les serpents et poissons empaillés se précipitèrent du haut de la tour.

joyeusement, se répandit dans la chambre, entoura le lit, le souleva doucement et, après l'avoir balancé sans que Grobzig se fût réveillé, elle l'emporta par la fenêtre.

Le lit de Grobzig, avec Grobzig dedans, se trouva donc au milieu des ondes qui descendaient à grand fracas dans la rue en pente. Enlevé comme une plume, le lit descendit avec la cataracte ; ce ne fut pas sans secousses, car enfin Grobzig se réveilla.

L'ivrogne se crut d'abord le jouet d'un songe.

— Suis-je bête, se dit-il, je ne savais plus que je me promenais en bateau... Ah ça ! je vais donc à la pêche ?...

Grobzig tout à coup reconnut son lit.

— Comment ! je vais en bateau dans mon lit ! Seigneur saint Sidoine, mon patron, voilà qui est fort ! Et Grobzig prit le parti de se recoucher pour attendre les événements. Le nez en l'air il regardait la lune et les étoiles. Tout à coup il aperçut au-dessus de sa tête un objet cher à son cœur.

Surprise des hallebardiers de la tour du pont.

Il se piqua pour voir s'il était réellement éveillé.

C'était l'enseigne du cabaret du *Lapin d'argent,* où il s'était trop copieuse-
ment abreuvé le soir même. Le courant entraînait le lit avec une rapidité
vertigineuse. L'enseigne parut et disparut. Grobzig, reprenant peu à peu ses
esprits, comprenait vaguement la situation ; le nez seul hors des couver-
tures, il gémissait en dessous d'une façon lamentable. Aux points de croise-
ment des rues, d'autres fleuves et d'autres courants prenaient le lit de Grobzig
par le travers et le faisaient tournoyer d'une façon inquiétante. Grobzig pensa
plusieurs fois chavirer et recommanda son âme à son saint patron.

Cependant le poste de la garde bourgeoise au pont du Rhin ne s'était encore aperçu de rien. Les hommes jouaient aux dés dans le poste, la sentinelle dormait dans sa guérite. Ce brave halle-bardier fut réveillé comme tout le monde par une

Sauvetage des caves.

impression d'humidité ; après s'être frotté les yeux avec la plus grande éner-gie et s'être piqué à sa hallebarde pour voir s'il était réellement éveillé, il constata avec stupéfac-tion que deux rivières coulaient, une sous le pont, l'ancienne, et une dessus, — tout à fait nouvelle celle-ci.

Le hallebardier appela aux armes d'une voix effarée. Le poste sortit vivement, la hallebarde en arrêt,
l'officier en tête tenant un falot d'une main, un grand sabre de l'autre.

Le plongeon qu'ils firent en sautant les quatre marches du poste faillit les pétrifier d'étonnement ; cependant l'officier, un brave homme qui avait fait la guerre, voyant une masse noire arriver droit sur eux et craignant une surprise, fit mettre ses hommes en bataille et croiser les hallebardes, malgré l'eau qui leur venait jusqu'à la ceinture.

— Halte là ! qui vive ? cria-t-il en élevant son falot.

Un gémissement inarticulé lui répondit ; la masse noire, emportée par le courant, le renversa et du coup éteignit le falot. Mais la ligne des hallebardiers reçut bravement l'objet sur la pointe des hallebardes et l'arrêta court.

Le falot rallumé permit bientôt aux bourgeois de se rendre compte de leur prise. L'objet était un lit, le lit de Grobzig, avec Grobzig dedans !

— Au poste ! commanda rudement l'officier de garde, ce gaillard-là va nous expliquer ce qui se passe ! Grobzig enlevé par deux robustes hallebardiers fut hissé jusqu'au poste, où chacun s'étant secoué comme un chien mouillé, on procéda bien vite à l'interrogatoire.

— Qu'est-ce que toute cette eau-là, prononça sévèrement l'officier, et pourquoi vous promenez-vous en costume nocturne et avec votre lit par les rues de la ville ?

— Oui, c'est une contravention ! appuya un bonnetier, sergent dans la compagnie.

— Silence dans les rangs ! reprit l'officier, et laissez parler le délinquant !

Grobzig, plongé dans un ahurissement complet, ne comprenait plus rien à ses aventures.

— Messieurs ! dit-il, oui, c'est vrai, j'ai bu au *Lapin d'argent* trois brocs de vin dont deux à crédit, mais je payerai, je vous le jure ! je suis un homme solvable...

— Mais pourquoi tant d'eau ?

— Mais non je n'ai pas mis d'eau... c'est même ce qui m'a fait mal à la tête !... alors je me suis couché et... mon lit était un bateau... voilà tout ce que je sais.

— C'est bon, l'échevin appréciera demain vos explications. Au cachot et vivement !

Dès qu'il eut mis l'infortuné Grobzig sous les verroux, le capitaine sonna la cloche d'alarme pour prévenir la ville ; ce devoir accompli, il attendit les événements en regardant passer les deux rivières.

La porte de la ville entre-bâillée donna passage à la rivière d'en haut qui se répandit dans la campagne.

Au bruit de la cloche du pont, le guetteur de la tour de ville, qui dormait du sommeil du juste à son poste, se réveilla en sursaut et se suspendit

Aventures nautiques de
Sidoine Grobzig.

au bourdon du tocsin ; toutes les cloches des églises lui répondirent bientôt, et leurs coups haletants firent sauter de terreur les plus sourds des habitants de la ville.

Toutes les fenêtres s'ouvrirent brusquement, les bourgeois effarés parurent la chandelle à la main, pensant que, pour sûr, les Turcs étaient dans la ville et la mettaient à sac.

L'arrestation.

Les grandes maisons à pignons monumentaux s'animèrent soudain, le clair de lune montra toute une population en bonnets de nuit, penchée aux fenêtres, aux lucarnes des tourelles, accrochée aux balcons, criant et gesticulant. Des dames en cornette, les plus grosses bourgeoises de la ville, des femmes de conseillers, de notaires et d'échevins, interrogeaient, sans façon, d'un côté de la rue à l'autre, des voisins aussi légèrement vêtus.

Que signifiait cette inondation venant du haut de la ville ? Il n'y avait pas eu d'orage, il n'avait pas plu, et nulle rivière ne passait sur la colline à deux cents pieds au-dessus du Rhin.

M. Flick, le bourgmestre de Kibitzburg, n'avait pas été le dernier à mettre le nez à la fenêtre. Dédaignant les conseils de la digne madame Flick, qui l'engageait, puisque la cloche d'alarme l'appelait, à s'aller cacher dans sa cave, monsieur Flick s'était précipité à sa fenêtre et avait poussé un cri d'étonnement à la vue de l'inondation.

— A l'hôtel de ville ! s'était-il écrié en endossant précipitamment sa houppelande fourrée. Une rivière profonde d'au moins trois pieds coulait dans la rue. Fallait-il s'y engager follement pour gagner l'hôtel de ville à pied ? Cela n'était pas prudent, et puis le souci de la dignité l'interdisait au premier magistrat municipal : un bourgmestre ne devait point arriver trempé comme un simple barbet à l'hôtel de ville.

Debout sur son perron, le bourgmestre réfléchissait.

Tout à coup il se frappa le front, il avait trouvé un expédient.

— Holà ! cria-t-il, François !

François était son premier commis, il habitait le troisième étage et regardait aussi la rivière par sa fenêtre.

A l'appel de son maître, il descendit rapidement.

— Aide-moi à mettre cette table dehors ! ordonna le bourgmestre en montrant à François une longue table de chêne à pieds sculptés.

François regarda sans comprendre.

— Fais ce que je te dis ! reprit le bourgmestre.

François avait des bras solides, la table fut bientôt sur le perron. Avant de la lancer sur la rivière, le bourgmestre courut au râtelier d'armes et saisit deux longues piques.

— Maintenant, mettons la table sens dessus dessous !

François comprenait de moins en moins, mais il obéit.

— Embarque ! cria le bourgmestre en lançant la table à l'eau et en sautant dessus.

François obéit encore et se trouva sur la table retournée au milieu du fleuve coulant dans la rue. A la fenêtre, madame Flick poussait des cris de terreur. Déjà sous l'impulsion du courant, la table avec les deux passagers se trouvait au bout de la rue et s'engageait dans une voie à pente rapide, menant, après quelques détours, juste devant l'hôtel de ville.

Le bourgmestre et François, debout, la pique à la main, à l'extrémité de la table, à bâbord et à tribord, faisaient tous leurs efforts pour se maintenir au milieu du courant afin de ne pas aller se briser aux encoignures des rues.

Le tocsin sonnait toujours. Le bourgmestre se disait qu'en ce moment tous les conseillers appelés par les cloches devaient songer à gagner l'hôtel de ville pour délibérer en commun sur les mesures à prendre.

Messieurs les conseillers et échevins de Kibitzburg.

— J'espère, murmurait le brave bourgmestre, que le premier échevin, le digne monsieur Mick, et que le second, le respectable monsieur Pick, ne manqueront pas à ce devoir... Si j'allais les chercher avec mon embarcation ? mais non, ce n'est pas possible, ils demeurent dans les rues hautes, je ne pourrais remonter le courant...

Justement, comme le radeau du bourgmestre s'engageait dans un endroit difficile, à l'entrée d'un carrefour où débouchaient quelques rues hautes changées aussi en rivières, il reçut un choc violent et faillit chavirer sous le poids d'une énorme embarcation, qui n'était autre qu'un immense cuvier à lessive, dans lequel naviguaient le digne M. Mick et le respectable M. Pick, les deux échevins désirés. Ces messieurs, demeurant porte à porte, avaient frété le cuvier de madame Mick, pour faire route ensemble vers l'hôtel de ville.

La table et le cuvier contenant les premiers magistrats de la cité marchèrent de conserve. Les bourgeois, aux fenêtres, les reconnaissaient au passage et les saluaient de leurs acclamations. En cinq minutes ils arrivèrent à l'hôtel de ville. Là, dans le bas de la cité, il y avait douze pieds d'eau par les rues. Force leur fut d'accrocher leurs navires au balcon du premier étage et de pénétrer dans la maison de ville en brisant une fenêtre.

M. Flick passa le premier, ensuite les échevins se hissèrent. Le poste de la milice bourgeoise, réfugié au premier étage, les reçut avec des cris de joie. M. Flick traversa majestueusement les rangs et pénétra dans la salle du conseil.

M. le conseiller Klosch.

— La séance est ouverte ! dit-il en s'asseyant au fauteuil.

.....Dans la Tour enchantée, la situation était restée la même, Satanas versait infatigablement les seaux d'eau dans la fontaine ; Badermann, les cheveux dressés sur la tête, était toujours assis sur le dossier de son fauteuil ; au sommet de la tour, les trois filles de l'alchimiste poussaient des cris de plus en plus effroyables !

IV

AVENTURES NAUTIQUES DES CONSEILLERS

— LA séance est ouverte, prononça le bourgmestre.

— Nous ne sommes pas en nombre ! firent observer en même temps les échevins Mick et Pick.

— Commençons toujours en attendant les conseillers, reprit le bourgmestre. Voyons, messieurs, je fais appel à vos lumières : que pensez-vous de cette inondation subite ? Avez-vous quelques renseignements là-dessus à fournir au conseil ?

— J'ai à dire, répondit l'échevin Mick, qu'hier soir je suis sorti sans que madame Mick eût songé seulement à me faire la sage recommandation de ne pas oublier mon parapluie. Je me suis attardé et je suis rentré vers neuf heures pour me mettre au lit, toujours sans parapluie...

L'inondation.

— Je puis ajouter ceci, prononça l'échevin Pick, c'est qu'il n'y a pas eu d'orage cette nuit. Mme Pick a le sommeil léger, et elle n'a rien entendu avant les coups de la cloche d'alarme.

— Moi non plus, reprit le bourgmestre, je n'ai rien entendu, mais comme j'ai passé ma soirée à lire la *Gazette de Kibitzburg*, je pouvais avoir le sommeil dur. Donc, premier point établi, l'inondation ne provient pas d'une pluie d'orage.

En ce moment, le capitaine de la milice ouvrit la porte de la salle du conseil.

— Respectable bourgmestre ! dit-il, voici les conseillers sur la place.

Les échevins gagnèrent le balcon et regardèrent en bas. Les conseillers ayant pour la plupart vu passer leurs chefs dans leurs embarcations d'aventure, s'étaient piqués d'honneur, et, mettant leur exemple à profit, ils s'étaient lancés dans les rues changées en torrent, les uns dans des cuviers comme M. Mick, ou sur une table comme M. Flick, les autres dans des tonneaux défoncés ou sur des bancs.

Ils arrivaient l'un après l'autre, sans avaries et sans avoir éprouvé d'autres accidents que de simples plongeons. Seul, le conseiller Trobitius manquait à l'appel. Au moment où l'on se dis-

Le conseiller Trobitius en détresse.

posait à lui infliger un blâme sévère, avec inscription au procès-verbal, on apprit qu'il se trouvait en détresse à quelques toises de l'hôtel de ville.

La nature avait doué l'honorable Trobitius, ancien aubergiste, d'un embonpoint un peu excessif; ayant sans doute trop longtemps vécu parmi les futailles, il avait pris l'apparence et les proportions monumentales, en largeur, de ces récipients. Ce n'était pas encore le tonneau de Heidelberg, mais c'était déjà plus qu'une simple barrique.

Au jour du danger, ce glorieux embonpoint gênait considérablement Trobitius. Le conseiller-futaille, esclave de son devoir, avait voulu répondre à l'appel de la cloche d'alarme et s'était ingénié à trouver un mode de navigation alliant le confortable à la sécurité. Confier sa rotondité à un simple cuvier à lessive, il n'y fallait pas songer, le cuvier eût couru le risque de sombrer à pic dès son départ; Trobitius n'avait rien trouvé de mieux qu'un radeau ; il avait confectionné ce radeau de ses propres mains, avec la large table, les bancs et les chaises de sa maison.

Ce radeau solidement construit pouvait résister au poids de son passager. La première partie du voyage avait été heureuse, — à part quelques devantures de boutiques effleurées et une enseigne décrochée, — mais, en arrivant au carrefour dont nous avons parlé, le radeau emporté par le courant avait viré de bord et s'était jeté en travers d'une rue étroite où il restait en panne,

Le logis du guetteur.

avec grand risque d'être démoli pièce à pièce. Et, pour comble de malheur, à ce moment les crocodiles, les poissons empaillés et les serpents échappés de l'esprit-de-vin, toute la collection de l'alchimiste enfin, étaient venus former une ronde infernale autour du pauvre conseiller !

De l'hôtel de ville, nul moyen d'aller à son secours. Bientôt cependant ses cris de détresse s'arrêtèrent, on comprit qu'il était retiré de sa fâcheuse position.

En effet, un citoyen courageux était descendu par une fenêtre sur le radeau de Trobitius, il avait amarré le conseiller trop bien portant avec des cordes solides, et d'autres citoyens à forte poigne l'avaient hissé dans une maison hospitalière. Les crocodiles empaillés étaient partis en riant de façon à décrocher leurs mâchoires. Ils n'allèrent pas loin, car les bourgeois de l'hôtel de ville leur donnèrent immédiatement la chasse; cinq crocodiles et plusieurs poissons de forme bizarre, cornus et hérissés, furent percés à coups de hallebarde et ramenés à l'hôtel de ville où ils reprirent une raideur cadavérique. On s'aperçut alors qu'ils étaient empaillés.

Les hallebardiers frémirent et portèrent la nouvelle aux autorités.

Le conseil entrait en séance.

M. l'apothicaire Klosch demanda la parole. C'était un membre influent de l'opposition, et de plus, ce qui augmentait sa mauvaise humeur, un de ceux qui, dans le voyage de l'hôtel de ville, avaient tristement fait naufrage. Il était trempé, et l'on voyait autour de sa chaise, une large mare sans cesse augmentée de filets d'eau coulant de ses habits.

— Quand je tonnais contre l'impéritie de notre administration municipale, s'écria-t-il, n'avais-je pas raison ? n'étais-je pas dans le vrai quand je disais que tous les services étaient négligés ! Les rues mal entretenues, les chemins abandonnés à eux-mêmes, la rivière non surveillée...

— Non ! non ! dirent les autres.

— Si, reprit l'irascible Klosch, la preuve, la voici : l'inondation dans nos rues !

— Une inondation d'eau salée, s'écria l'un des conseillers qui en avait bu outre mesure, et habitée par des crocodiles !

— Que puis-je contre les inondations ? hasarda le bourgmestre.

— Loin de moi la pensée de vous reprocher jamais une inondation naturelle ! je ne vous ferais pas de reproches si ces torrents furieux provenaient d'une pluie diluvienne ou d'une crue subite du Rhin, mais il n'en est pas ainsi, il n'a pas plu depuis six semaines, et le Rhin était encore hier soir tranquillement dans son lit. Donc je puis bien chercher la cause de cette inondation intempestive dans l'impéritie et dans l'imprévoyance coupable des autorités ; j'ai dit !

Le conseil était ébranlé, les interpellations se croisaient, on discutait violemment.

L'échevin Mick se jeta dans la bagarre.

Navigation accidentée du digne Mick et du respectable Pick.

— Avant de prononcer, messieurs, un blâme que les magistrats municipaux affirment ne pas mériter, il me semble, pour la dignité du conseil, qu'une étude un peu plus approfondie des causes de cette mystérieuse inondation serait nécessaire. Je propose donc la nomination d'une commission chargée de rechercher ces causes et de nous faire un rapport. Voici le jour, nous saurons bientôt à quoi nous en tenir.

La majorité du conseil approuvant le motion, une commission composée de M. Klosch et de deux autres conseillers mouillés fut nommée et s'adjoignit au bourgmestre et aux échevins pour commencer l'enquête.

Comme elle allait commencer ses travaux, on annonça au conseil l'arrivée, dans une barque, avec un prisonnier, du capitaine de garde au pont du Rhin. Le capitaine de hallebardiers avait remis son poste à son lieutenant, et il amenait à l'hôtel de ville l'infortuné jardinier Grobzig, dans le même costume que la veille. Le lit, pièce à conviction indispensable, suivait à la remorque, avec un sixième crocodile empaillé dedans, capture opérée en route.

Le conseiller Klosch procéda lui-même à l'interrogatoire ; le pauvre Grobzig n'était plus sous l'influence de ses libations de la veille, mais son ahurissement était plus complet. Il ne put donner que des explications embrouillées, et son affaire devenant de moins en moins claire, on l'enferma dans un cachot avec un factionnaire à la porte...

.... Dans la Tour enchantée, l'aurore trouvait les mêmes personnages dans la même situation : Satanas ricanant et déversant l'inondation dans le laboratoire, l'élève Badermann les cheveux hérissés, et les trois filles de l'alchimiste criant au sommet de la Tour !

V

Canonnade inutile

— Messieurs, dit le bourgmestre aux conseillers, il fait jour maintenant, montons dans les combles de l'hôtel de ville, et peut-être découvrirons-nous d'où nous vient l'inondation.

Trois cent quarante-deux marches à monter pour gagner la plate-forme de la Tour, puis encore trente-cinq marches pour arriver au logis du guetteur. Les conseillers essoufflés n'en pouvaient plus, mais en arrivant sur le dernier palier, ils reprirent la discussion.

— Je vous dis, répétait le conseiller Klosch, que l'eau est légèrement salée, et tous ceux de mes collègues qui l'ont goûtée vous l'affirmeront comme moi !

— Et les crocodiles ? ajouta un conseiller.

— Ne serait-ce pas alors quelque déplacement de l'Océan ? riposta l'un des échevins.

Les conseillers frissonnèrent.

. Horreur ! on s'aperçut qu'ils étaient empaillés !

— Allons donc ! s'écria Klosch, vous cherchez vainement une excuse, l'Océan n'a pas de crocodiles !

— Mais des crocodiles empaillés ?

Le logis du guetteur avait quatre fenêtres, ouvertes sur les quatre côtés de l'horizon ; par la fenêtre du nord les conseillers n'aperçurent rien d'extraordinaire, la campagne était tranquille et sans eau, la fenêtre de l'est donnait sur le Rhin qui coulait paisiblement dans ses limites habituelles, la fenêtre du sud montra quelques quartiers plus ou moins inondés, mais en arrivant à la fenêtre tournée vers l'ouest, les conseillers poussèrent un grand cri.

Par cette fenêtre de l'ouest, ils avaient aperçu la colline dominant la ville, ruisselant de cascades et de cascatelles et tout en haut, la tour de l'alchimiste débordant comme une gigantesque fontaine, et lançant une véritable rivière sur la ville !

— La tour de l'alchimiste ! La Tour enchantée ! s'écrièrent les bourgeois d'une seule voix !

— Il y a magie ! murmura sourdement Klosch.

— Vous voyez, messieurs, que la municipalité ne mérite aucun reproche, reprit le bourgmestre, il y a sorcellerie, c'est une inondation magique... Descendons vite au conseil !

Les conseillers se laissèrent rapide-

Une capture.

ment dégringoler dans l'escalier, et cinq minutes après le conseil était mis au courant de l'étrange situation.

Tous les fronts se plissèrent, les conseillers plongèrent dans leurs fauteuils en pâlissant.

— Avisons, avisons, messieurs ! dit le bourgmestre.

L'affaire était tellement bizarre, l'inondation si parfaitement incompréhensible, que les conseillers, même ceux de l'opposition, se trouvaient déroutés.

— C'est bien simple, s'écria enfin M. Klosch ; d'où vient l'inondation ? de la tour de l'alchimiste, donc il faut démolir la tour de l'alchimiste à coups de canon !

— Mais l'alchimiste n'y est pas, je l'ai vu partir en voyage hier dans l'après-midi, fit un des conseillers.

— Raison de plus, cela prouve que l'inondation est encore plus diabolique que nous ne le pensions. Aux canons ! aux canons !

— Nous allons tout de suite à l'arsenal ! s'écrièrent à la fois le bourgmestre et les échevins.

— Mais comment allez-vous gagner les remparts ?

— J'ai ma table ! répondit le bourgmestre !

— Et nous notre cuveau ! s'écrièrent Mick et Pick.

— J'ai mieux que

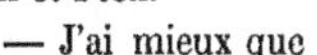

L'interrogatoire.

cela, monsieur le bourgmestre, dit tout à coup l'officier de hallebardiers du pont du Rhin, j'ai le bateau dans lequel nous avons amené le nommé Grobzig, le prisonnier de tout à l'heure ; il est à votre disposition et je me charge de le conduire.

— Très bien, capitaine ! Embarquez, messieurs, le temps presse !

Le batelet vogua bientôt sur l'inondation diabolique et s'engagea dans

Canonnade inutile.

les petites rues pour faire le tour de la ville et gagner les remparts, car on
ne pouvait songer naturellement à remonter les rues de la ville haute. Le
bourgmestre fit remarquer à ses compagnons que les eaux ne montaient
plus : l'inondation semblait avoir atteint sa plus grande hauteur, elle parais-
sait se régulariser. Il y avait douze pieds d'eau dans les rues basses et seulement trois ou quatre dans les autres quartiers. Les bourgeois se tenaient
toujours aux fenêtres ou sur les toits, se haussant, grimpant sur les cheminées pour apercevoir plus complétement la Tour enchantée.

Après bien des détours, le bateau arriva enfin à l'arsenal aux bourgeois,
une haute construction flanquée de tourelles, couverte de grandes armoiries
et de peintures représentant des bourgeois armés en guerre déployant la

Les bourgeois se tenaient aux fenêtres.

bannière de la ville. L'arsenal était baigné par quelques pouces d'eau seulement, un simple bain de pieds, comme disaient les hommes de garde.

Le bourgmestre donna ses ordres ; bien vite quatre gros canons furent
braqués sur la Tour enchantée.

Chacun des magistrats réclama l'honneur d'en pointer un sur l'infernal
logis, ce qui eut naturellement pour résultat d'envoyer trois boulets, le
premier à cent toises à droite, le deuxième à cent toises à gauche, et le
troisième à cent toises au-dessus de la Tour. Résultat, une cheminée démolie
dans la ville, un arbre coupé dans la campagne, et un canard sauvage assas-
siné dans le ciel.

Restait le quatrième canon, l'officier le pointa lui-même soigneusement.
— Feu !

L'éclair jaillit, et le boulet partit... Tous les regards le suivaient. On le
vit arriver droit au but... L'eau qui tombait toujours en cascades des cré-

neaux de la tour eut un long sifflement ; le boulet rebondit en arrière, repoussé par cette cuirasse liquide !

Les magistrats et les canonniers pâlirent.

— Rechargez ! ordonna l'officier.

Et cette fois il pointa lui-même les quatre canons.

Les quatre boulets partirent en même temps et, comme la première fois, rebondirent sans avoir éraflé une seule pierre de la Tour de l'achimiste.

— Essayons encore, s'écria l'officier furieux.

Les canonniers mirent double charge ; à la Tour les eaux sifflèrent et bouillonnèrent, mais la canonnade n'eut pas plus de résultat.

— C'est inutile ! s'écria le bourgmestre en s'essuyant le front, les boulets ne peuvent rien contre la magie, il faut trouver autre chose. Retournons à l'hôtel de ville.

Les conseillers étaient aux fenêtres de l'hôtel de ville, écoutant anxieusement la canonnade. En voyant revenir les magistrats, ils comprirent que la situation était plus grave encore que l'on ne pensait.

— Avisons, avisons, messieurs ! s'écria le bourgmestre.

— C'est bien simple ! prononça M. l'apothicaire Klosch après longues réflexions, il faut aller droit au danger, il faut pénétrer dans la Tour enchantée pour savoir enfin à quoi s'en tenir.

Un long silence suivit la motion hardie de M. Klosch. Personne ne se souciait de se charger de la mission.

— Allons, je me dévoue ! s'écria héroïquement le bourgmestre, je vais à la Tour !

— Nous allons avec vous ! s'écrient Mick et Pick.

— Nous vous suivrons, cria Klosch frappant du poing, nous vous suivrons... du haut du beffroi !

———

VI

ESCALADE DE LA TOUR ENCHANTÉE

CE fut encore le capitaine des hallebardiers qui se chargea de conduire les magistrats. On suivit le même chemin que la première fois, on passa devant l'arsenal où les canons semblaient encore honteux de leur impuissance, et l'on s'engagea dans un petit faubourg entre la colline et les remparts.

Enfin, après bien des fatigues, l'embarcation parvint au pied de la colline, sous les douches qui tombaient incessamment des créneaux de la Tour.

Pick et Mick avaient emprunté un parapluie dans le faubourg et se tenaient à l'arrière du batelet.

— Savez-vous, Mick, que je vous admire ! disait Pick.

— Pick, vous êtes héroïque ! disait Mick.

— Pas tant que vous ! répondait modestement Pick.

— Permettez, je vous prie, votre attitude est superbe ! je n'ose prétendre...

— Mais si, moi je vous trouve sublime devant le danger !

— Quel dommage que mesdames Pick et Mick ne soient pas là ! leur présence nous...

— Impossible d'avancer ! s'écria le capitaine, il nous faut quitter le

Cataractes, cascades et cascatelles.

bateau et escalader la colline; voici un endroit un peu abrité, les cascades y sont moins fortes... Allons, à vous l'honneur, monsieur le bourgmestre.

— Après vous, capitaine.

— C'est pour vous obéir.

Et le capitaine, sautant sur le talus, se mit à grimper au milieu du bouillonnement des cascades. Le bourgmestre le suivit, s'accrochant de temps en temps, pour s'aider, à la grande rapière du hallebardier. Pick et Mick suivaient derrière, opposant, autant que faire se pouvait, leur parapluie à la fureur des cataractes.

L'escalade demanda un bon quart d'heure; ils arrivèrent trempés des pieds à la tête, au bas de la Tour où les attendaient encore des douches plus formidables. Il fallut traverser en courant cet espace dangereux pour se mettre un peu à l'abri sous la porte. Le capitaine, en arrivant, essaya ses forces contre cette porte, mais il fut bien vite obligé d'avouer qu'elle était d'une solidité à défier toute tentative.

Et pas d'autres ouvertures, jusqu'en haut, que des meurtrières à peine assez larges pour livrer passage à un chat maigre !

Collées contre la porte, les autorités tenaient conseil.

Tout à coup, il sembla au capitaine qu'à travers les mugissements des cataractes, une voix les avait hélés en haut de la Tour. En effet, après quelques minutes d'attente, un appel retentit, et, en levant les yeux, le capitaine aperçut un panier qui descendait au bout d'une corde parmi les ondes furieuses.

— Voilà qui tranche la difficulté! dit-il en saisissant le panier, nous avons des intelligences dans la Tour : nous allons prendre place dans le panier, et l'on va nous hisser...

— Diable ! Diable ! firent les autorités en regardant le panier, la porte serait préférable...

— Oui, mais elle est fermée, il n'y a pas d'autre moyen... il faut passer par le panier ! allons, monsieur le bourgmestre, à vous l'honneur...

— Attendez, capitaine, la corde n'est peut-être pas solide, il faudrait la faire essayer par le plus maigre d'entre nous... Si monsieur Mick veut monter?

— Non, non, répondit Mick, je sais trop la déférence que je dois au premier magistrat du pays! je ne suis que le deuxième échevin, je passerai à mon rang.

— Vous pourriez monter avec M. Pick, l'épreuve de la corde serait plus concluante...

— Si vous le permettez, monsieur le bourgmestre, je passerai le premier, proposa le capitaine.

Dès qu'il se fut installé aussi commodément que possible, l'étroit panier commença son ascension. Le capitaine se cramponnait à la corde et baissait les épaules sous la cataracte ; enfin on le perdit de vue. Le panier redescendant à vide montra qu'il était arrivé à bon port. Le bourgmestre y prit place à son tour et fut enlevé avec plus de rapidité, puis ce fut le tour des échevins. Pick et Mick, se confiant à la solidité de la corde, voulurent monter ensemble ; leur parapluie, sous le poids d'une douche plus forte que les autres, se creva et fut emporté, mais ils arrivèrent sains et saufs au dernier étage de la Tour, au-dessus du laboratoire.

Les trois filles de l'alchimiste, qui n'avaient pas cessé de jeter des cris d'alarme, depuis la veille, étaient là, racontant tout au bourgmestre. C'était ces trois jeunes filles qui avaient lancé le panier et hissé les autorités.

— Eh bien ? demandèrent les échevins.

— Je sais tout ! répondit le bourgmestre, l'inondation est, comme

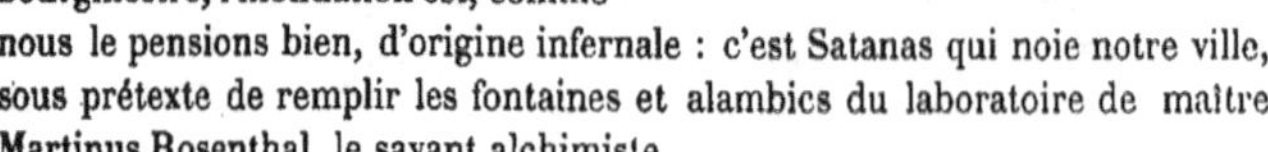

Pick et Mick voulurent monter ensemble.

nous le pensions bien, d'origine infernale : c'est Satanas qui noie notre ville, sous prétexte de remplir les fontaines et alambics du laboratoire de maître Martinus Rosenthal, le savant alchimiste...

— Que faut-il faire ?

— Dame, il faut parlementer avec lui...

— Monsieur le bourgmestre, s'écrièrent à la fois Pick et Mick, nous connaissons votre beau talent de parole, c'est à votre éloquence de sauver la ville : allez parlementer, nous vous attendons ici.

— Du tout ! nous allons descendre tous dans le laboratoire ; à quatre, nous viendrons peut-être plus facilement à bout de l'affaire...

Dans le laboratoire, la situation était restée la même. Satanas versait toujours, et Nicolas Badermann, l'élève alchimiste, se tenait, comme la veille, sur le dossier de son fauteuil, les yeux hagards et les cheveux dressés sur la tête !

Tout en versant les seaux d'eau, Satanas se tordait de rire à la pensée de l'ennui qu'il devait causer aux habitants de la ville. A la vue des survenants, il parut surpris et fit une vilaine grimace.

Le bourgmestre, homme sage et prudent, avait recommandé la plus grande politesse à ses compagnons : ils firent donc tous les quatre un grand salut auquel Satanas répondit à peine et sans s'arrêter dans sa besogne.

— Nous avons appris, messire Satanas, commença le bourgmestre, la grave injure à vous faite... je veux dire faite à Votre Excellence, par l'insolent élève en alchimie de maître Martinus Rosenthal, et nous avons voulu, sans retard, venir vous offrir toutes les satisfactions qu'il est en notre pouvoir de vous donner...

Ouf! Le bourgmestre s'arrêta, satisfait d'avoir si convenablement parlé au diable.

Un long sifflement fit bondir les magistrats.

C'était Satanas qui prenait la parole.

— Pschittt! oui, brave bourgmestre, c'est l'injure faite à Mon Excellence qui vous a fait vous déranger, et aussi le petit bain que je fais prendre à votre ville, n'est-ce pas?

— Un peu aussi, naturellement, balbutia le bourgmestre déconcerté.

— Un peu beaucoup ! rugit Satanas. Allons ! vous devriez me remercier, je nettoie votre ville, j'arrose les rues, voilà tout! .. j'avais remarqué qu'elles laissaient un peu à désirer comme propreté...

Le bourgmestre avait repris ses esprits.

— Soutenez-moi, dit-il tout bas aux échevins. Excellence! reprit-il en s'adressant à Satanas, en effet, votre eau nettoie admirablement notre ville, mais il a semblé aux autorités que le nettoyage tournait un peu à l'inondation...

— Un peu? ricana Satanas, c'est bien, je vais mettre double mesure.

En effet, il se mit à verser dans la fontaine plus vite qu'auparavant. Les seaux paraissaient et disparaissaient avec la rapidité de l'éclair; au dehors le fracas redoubla.

— Permettez, reprit le bourgmestre, les Kibitzbourgeois ne vous ont rien fait, ils sont

Badermann faillit s'évanouir.

innocents de l'injure qui vous a été faite, il n'est donc pas juste de leur causer des ennuis! voyez quelle nuit vous leur avez fait passer! songez au chagrin

La ville heureuse.

que cette surabondante inondation cause à toute une population !... Voyons, on peut s'entendre, que dia...

— Hein ? fit Satanas.

— Je veux dire : on peut s'entendre, sapristi ! je vous propose, comprenant votre juste colère, de faire pendre incontinent au sommet de cette tour l'auteur de tout ce mal, le vagabond qui vous a outragé, l'élève Nicolas Badermann !...

— Vous avez une bien vilaine écriture !

L'élève Badermann faillit tomber de son fauteuil ; mais, pour ne pas se noyer, il se contenta de s'évanouir debout.

Satanas ricana pour toute réponse et poursuivit son infernale besogne.

VII

Négociations difficiles

Le bourgmestre était un homme prudent, mais enfin il vit que, pour l'honneur de la ville, il fallait se montrer.

— Alors vous refusez la satisfaction que je vous offre ? c'est bien, je vais envoyer chercher un moine pour exorciser l'eau et la changer en eau bénite !

Il avait à peine prononcé ce mot que Satanas, dardant sur lui ses yeux ronds, grinçant des dents et agitant sa barbiche rouge, s'écria furieusement que si par malheur quelqu'un prononçait encore ce mot, il allait pomper de l'eau bouillante de façon à cuire la ville et ses habitants !

Les assistants frémirent, le bourgmestre comprit que les menaces étaient inutiles et que l'on ne s'en tirerait que par un marché en règle. — Voyons, reprit-il, Kibitzburg est une ville commerçante, cette inondation gêne considérablement les affaires, il faut en finir ! qu'est-ce que vous demandez pour arrêter vos cataractes ?

— Ah ! Ah ! vous devenez plus raisonnables ! rugit Satanas, voici mes prétentions : l'alchimiste et son élève seront pendus.

— Accordé !

— Ce n'est pas tout, il me faut...

Et Satanas émit alors une proposition qui parut exorbitante aux magistrats, car ils se récrièrent énergiquement :

— Jamais ! jamais ! continuez plutôt d'arroser la ville, nous prendrons l'habitude d'aller en bateau dans nos rues, voilà tout.

Grobzig renonça à l'ivrognerie.

Satanas vit qu'il avait été trop loin et abaissa ses prétentions ; le bourgmestre refusa encore. Le persécuteur de Kibitzburg avait demandé d'abord mille âmes pour arrêter l'inondation, puis il avait abaissé ses prétentions à cinq cents. Le bourgmestre tenait bon ; l'après-midi était venue, et les négociations menaçaient de durer encore longtemps. Enfin le bourgmestre sembla prendre un grand parti et fit une proposition : une redevance de deux quarterons d'âmes par an, à perpétuité !

C'était joli ! Les échevins frémirent, il leur sembla que le bourgmestre dépassait un peu ses pouvoirs.

Satanas hésitait.

— Des âmes de choix, au moins ?

— Des âmes d'échevins et de notables, déclara le bourgmestre.

Pour le coup, les échevins allaient protester lorsque le bourgmestre leur marcha sur le pied. Tout à coup, l'idée vint à Satanas que l'alchimiste, averti par les gens de la ville, pourrait bien revenir et le renvoyer sans indemnité, par le moyen de sa redoutable formule sarrasine.

— J'accepte ! fit-il, trente-six âmes d'échevins, conseillers ou notables tous les ans... allez ! je suis trop bon et j'y perds.

— Il nous faut un traité en bonne et due forme, reprit le bourgmestre, un traité sur parchemin timbré.

— Bien entendu ! fit Satanas.

Maître Mick était procureur, il avait sur lui quelques feuilles de parchemin timbré. Il allait saisir la plume lorsque le bourgmestre la lui prit des mains.

— Je vais libeller les actes moi-même, en français comme tous les actes officiels.

Et il commença rapidement.

— Vous avez une bien vilaine écriture, lui fit observer Satanas.

— Ah dame ! je suis pressé d'en finir !

Satanas aussi avait hâte d'en finir, la pensée que l'alchimiste pouvait revenir d'un moment à l'autre le tracassait, et tout en continuant à verser des seaux d'eau sans trêve, il jetait de rapides coups d'œil sur la ville.

— Allons ! c'est fini ! s'écria le bourgmestre, je signe et je passe la plume à mes deux échevins.

Mick et Pick se regardaient tremblants sans oser toucher à la plume.

Arrestation de l'alchimiste.

— Signez donc ! s'écria le bourgmestre, en les bousculant presque.

— Signez donc ! rugit Satanas !

Mick et Pick, plus morts que vifs, dessinèrent des parafes tremblants sur les feuilles de parchemin.

Satanas leur arracha la plume des mains sans cérémonie.

— A mon tour, dit-il, voyons les deux actes? vous ne m'avez pas trompé sur la redevance? deux quarterons... deux quarterons, c'est le chiffre, bien! à mon tour!

Et, d'un geste rapide, il apposa sa griffe au bas de chaque acte, il en plia un avec soin, le glissa dans son pourpoint et jeta l'autre au nez du bourgmestre.

L'inondation cessa subitement. Satanas, après un long ricanement, s'évanouit en fumée, avec un léger bruit de friture bouillonnante.

Les échevins et le capitaine, tremblants, regardaient le bourgmestre.

— A l'hôtel de ville! s'écria celui-ci en agitant l'acte signé par Satanas, et faisons enregistrer la convention!

Il fallut, pour quitter la tour, reprendre le chemin aérien. Le capitaine descendit les autorités dans le panier et resta pour veiller sur l'élève alchimiste Nicolas Badermann.

Les magistrats retrouvèrent leur batelet au pied de la colline, mais il était à sec, l'inondation décroissait rapidement. — Dans la basse ville il n'y avait déjà plus que quatre pieds d'eau. Après un quart d'heure d'attente, il fut possible de gagner l'hôtel de ville, sur les épaules de vigoureux gaillards de la milice bourgeoise.

Ce fut presque une rentrée triomphale. Les conseillers aux fenêtres poussèrent de joyeuses acclamations à la vue de leurs délégués. Les deux échevins, tristes et abattus, contrastaient seuls par leur tenue avec la joie générale.

— Eh bien? demanda l'apothicaire Klosch.

Les échevins ne laissèrent pas au bourgmestre le temps de répondre.

— Qu'avez-vous fait! s'écrièrent-ils, c'est une abomination, un abus de pouvoir que nous dénonçons à nos concitoyens! Savez-vous ce que monsieur le bourgmestre a signé? une redevance de deux quarterons d'âmes, trente-six par an, et des âmes de conseillers et d'échevins....

Le conseil parut bouleversé... le bourgmestre se laissa tomber sur son fauteuil en éclatant de rire.

— Voici l'acte, vous n'avez donc pas lu? Écoutez...

— La ville de Kibitzburg s'oblige à payer régulièrement chaque année, à.... qui l'accepte, une redevance perpétuelle de trente-six ânes...

Les conseillers respirèrent, Mick et Pick poussèrent des sons inarticulés où la joie le disputait à l'étonnement.

— Voyez, lisez, mettez vos lunettes, regardez de près; il y a bien, n'est-ce pas, ANES, et non pas âmes ? des ANES d'échevins, de conseillers ou de notables, et non pas des âmes ?

Mick et Pick se jetèrent dans ses bras. M. Klosch lui-même manifesta le désir de serrer la main du sauveur de la ville.

Au même instant, on vint annoncer au bourgmestre que l'alchimiste Martinus Rosenthal venait d'être arrêté au pont du Rhin, comme il rentrait précipitamment en ville.

— Qu'on l'amène et qu'on aille quérir à la Tour enchantée l'auteur de tout le mal, l'élève en alchimie Badermann ! on va préparer les potences, il nous faut tenir notre traité à la lettre !

Une heure après, pour adoucir le chagrin de Satanas, qui devait déjà s'être aperçu du mauvais marché que le malin bourgmestre lui avait fait faire, les magistrats firent pendre en grande solennité l'alchimiste et son élève.

Le jardinier Grobzig, dont on reconnut l'innocence, fut relâché après

Statue équestre du bourgmestre de Kibitzburg.

une sévère admonestation. Il jura de renoncer à l'ivrognerie et tint parole, pendant plus de six semaines !

La Tour enchantée s'écroula pendant la nuit. Heureusement on avait dé-

couvert que les trois filles de l'alchimiste n'étaient pas ses filles, et le bourgmestre leur avait fait quitter le logis diabolique le soir même. La ville leur
donna une dot et les maria huit jours après à d'honnêtes bourgeois. Quant
au bourgmestre, il administra la ville jusqu'à plus de quatre-vingts ans, et
ses concitoyens lui élevèrent une statue équestre sur l'emplacement de la
Tour enchantée.

La ville de Kibitzburg, débarrassée de sa Tour, vécut désormais tranquille.
Les habitants se firent remarquer par leur embonpoint et leur mine joyeuse,
continuèrent à pratiquer le noble jeu des quilles sous les arbres des brasseries
d'été, et se livrèrent avec ardeur et unanimité, surtout le dimanche, à la
pêche à la ligne, au pied des remparts, dans les eaux jaseuses du Rhin.

La ville leur donna une dot et les maria.

1780-80. — CORBEIL. Typ. et stér. J. Crété.